金色花

（印）泰戈尔◎著

郑振铎◎译

长江出版传媒
长江文艺出版社

图书在版编目（CIP）数据

金色花 /（印）泰戈尔著；郑振铎译. -- 武汉：长江文艺出版社，2024.6
（初中语文同步阅读）
ISBN 978-7-5702-3610-7

Ⅰ. ①金… Ⅱ. ①泰… ②郑… Ⅲ. ①诗集－印度－现代 Ⅳ. ①I351.25

中国国家版本馆 CIP 数据核字(2024)第 104879 号

金色花
JINSE HUA

责任编辑：黄海阔　　责任校对：毛季慧
封面设计：陈希璇　　责任印制：邱　莉　杨　帆

出版：长江出版传媒 | 长江文艺出版社
地址：武汉市雄楚大街 268 号　　邮编：430070
发行：长江文艺出版社
http://www.cjlap.com
印刷：武汉市籍缘印刷厂

开本：640 毫米×970 毫米　1/16　　印张：9.25
版次：2024 年 6 月第 1 版　　2024 年 6 月第 1 次印刷
字数：112 千字

定价：24.00 元

译者自序

我对于泰戈尔的诗最初发生浓厚的兴趣，是在第一次读《新月集》的时候。那时离现在将近五年，许地山君坐在我家的客厅里，长发垂到两肩，很神秘地在黄昏的微光中，对我谈到泰戈尔的事。他说，他在缅甸时，看到泰戈尔的画像，又听人讲到他，便买了他的诗集来读。过了几天，我到许地山君的宿舍里去。他说："我拿一本泰戈尔的诗选送给你。"他便到书架上去找那本诗集。我立在窗前，四围静悄悄的，只有水池中喷泉的潺潺的声音。我静静地等候读那本美丽的书。他不久便从书架上取下很小的一本绿纸面的书来。他说："这是一个日本人选的泰戈尔诗，你先拿去看看。泰戈尔不久前曾到过日本。"我坐了车回家，在归程中，借着新月与市灯的微光，约略地把它翻看了一遍。最使我喜欢的是其中所选的几首《新月集》的诗。那一夜，在灯下又看了一次。第二天，地山见我时，问道："你最喜欢哪几首？"我说："《新月集》的几首。"他隔了几天，又拿了一本很美丽的书给我，他说："这就是《新月集》。"从那时候起，《新月集》便常在我的书桌上。直到现在，我还时时把它翻开来读。

我译《新月集》，也是受地山君的鼓励。有一天，他把他所译的《吉檀迦利》的几首诗给我看，都是用古文译的。我说："译得很好，但似乎太古奥了。"他说："这一类的诗，应该用这个古奥的文体译。至于《新月集》，却又须用新妍流露的文字译。我想译《吉檀迦利》，你为何不译《新月集》呢?”于是我与他约，我们同时动手译这两部书。此后二年中，他的《吉檀迦利》固未译成，我的《新月集》也时译时辍。直至《小说月报》改革后，我才把自己所译的《新月集》在它上面发表了几首。地山译的《吉檀迦利》却始终没有再译下去；已译的几首也始终不肯拿出来发表。后来王独清君译的《新月集》也出版了，我更懒得把自己的译下去。许多朋友却时时催我把这个工作做完。他们都说，王君的译文太不容易懂了，似乎有再译的必要。那时我正有选译泰戈尔诗的计划，便一方面把旧译的稿整理一下，一方面参考了王君的译文，又新译了八九首出来，结果便成了现在的这个译本。原集里还有九首诗，因为我不大喜欢它们，所以没有译出来。

我喜欢《新月集》，如我之喜欢安徒生的童话。安徒生的文字美丽而富有诗趣，它有一种不可测的魔力，能把我们从忙扰的人世间带到美丽和平的花的世界、虫的世界、人鱼的世界里去；能使我们忘了一切艰苦的境遇，随了他走进有静的方池的绿水、有美的挂在黄昏的天空的雨后弧虹等等的天国里去。《新月集》也具有这种不可测的魔力。它把我们从怀疑贪望的成人的世界，带到秀嫩天真的儿童的新月之国里去。我们忙着费时间在计算数字，它却能使我们重又回到坐在泥土里以枯枝断梗为戏的时代；我们忙着入海采珠、掘山寻金，它却能使我们在心里重温着在海滨以贝壳为餐具、以落叶为舟、以绿草的露点为圆珠的儿童的梦。总之，我们只要一翻开它来，便立刻如得到两只有魔术的翼膀，可以使自己从现实的苦闷的境地里飞翔到美静天真的儿童国里去。

有许多人以为《新月集》是一部写给儿童看的书。这是他们受了广告上附注的“儿歌”（Child Poems）二字的暗示的缘故。实际上，《新月集》虽然未尝没有几首儿童可以看得懂的诗歌，而泰戈尔之写这些诗，却决非为儿童而作的。它并不是一部写给儿童读的诗歌集，乃是一部叙述儿童心理、儿童生活的最好的诗歌集。这正如俄国许多民众小说家所作的民众小说，并不是为民众而作，而是写民众的生活的作品一样。我们如果认清了这一点，便不会无端地引起什么怀疑与什么争论了。

我的译文自己很不满意，但似乎还很忠实，且不至看不懂。

读者的一切指教，我都欢迎地承受。

我最后应该向许地山君表示谢意。他除了鼓励我以外，在这个译本写好时，还曾为我校读了一次。

郑振铎

十二，八，二十二。

目录

新　月　集

金色花

假如我变成了一朵金色花[①]，只是为了好玩，长在那棵树的高枝上，笑哈哈地在风中摇摆，又在新生的树叶上跳舞，妈妈，你会认识我么?

你要是叫道："孩子，你在哪里呀?"我暗暗地在那里匿笑，却一声儿不响。

我要悄悄地开放花瓣儿，看着你工作。

当你沐浴后，湿发披在两肩，穿过金色花的林荫，走到你做祷告的小庭院时，你会嗅到这花的香气，却不知道这香气是从我身上来的。

当你吃过中饭，坐在窗前读《罗摩衍那》[②]，那棵树的阴影落在你的头发与膝上时，我便要投我的小小的影子在你的书页上，正投在你所读的地方。

---

① 金色花，原名 champa，亦作 champak，印度圣树，木兰花属植物，开金黄色碎花。译名亦作"瞻波伽"或"占博迦"。

② 《罗摩衍那》(Ramayana)为印度古代梵文叙事诗，相传系蚁蛭(valmiki)所作。今传本形式约为公元 2 世纪间所形成，系叙述罗摩生平之作。罗摩即纤摩犍陀罗，十车王之子，悉多之夫。他于第二世(Treta yaga)入世，为毗湿奴神第七化身。印人视他为英雄，也有崇拜他如神的。

但是你会猜得出这就是你的孩子的小小影子么？

当你黄昏时拿了灯到牛棚里去，我便要突然地再落到地上来，又成了你的孩子，求你讲个故事给我听。

“你到哪里去了，你这坏孩子？”

“我不告诉你，妈妈。”这就是你同我那时所要说的话了。

家　庭

我独自在横跨过田地的路上走着，夕阳像一个守财奴似的，正藏起它的最后的金子。

白昼更加深沉地投入黑暗之中，那已经收割了的孤寂的田地，默默地躺在那里。

天空里突然升起了一个男孩子的尖锐的歌声。他穿过看不见的黑暗，留下他的歌声的辙痕跨过黄昏的静谧。

他的乡村的家坐落在荒凉的土地的边上，在甘蔗田的后面，躲藏在香蕉树、瘦长的槟榔树、椰子树和深绿色的贾克果树的阴影里。

我在星光下独自走着的路上停留了一会，我看见黑沉沉的大地展开在我的面前，用她的手臂拥抱着无量数的家庭，在那些家庭里有着摇篮和床铺，母亲们的心和夜晚的灯，还有年轻轻的生命，他们满心欢乐，却浑然不知这样的欢乐对于世界的价值。

海　边

孩子们会聚在无边无际的世界的海边。

无垠的天穹静止地临于头上，不息的海水在足下汹涌。孩子们会集在无边无际的世界的海边，叫着，跳着。

他们拿沙来建筑房屋，拿空贝壳来做游戏。他们把落叶编成了船，笑嘻嘻地把它们放到大海上。孩子们在世界的海边，做他们的游戏。

他们不知道怎样泅水，他们不知道怎样撒网。采珠的人为了珠潜水，商人在他们的船上航行，孩子们却只把小圆石聚了又散。他们不搜求宝藏；他们不知道怎样撒网。

大海哗笑着涌起波浪，而海滩的微笑荡漾着淡淡的光芒。致人死命的波浪，对着孩子们唱无意义的歌曲，就像一个母亲在摇动她孩子的摇篮时一样。大海和孩子们一同游戏，而海滩的微笑荡漾着淡淡的光芒。

孩子们会集在无边无际的世界的海边。狂风暴雨飘游在无辙迹的天空上，航船沉碎在无辙迹的海水里，死正在外面活动，孩子们却在游戏。在无边无际的世界的海边，孩子们大会集着。

来　源

流泛在孩子两眼的睡眠——有谁知道它是从什么地方来的？是的，有个谣传，说它是住在萤火虫朦胧地照耀着林阴的仙村里，在那个地方，挂着两个迷人的羞怯的蓓蕾。它便是从那个地方来吻孩子的两眼的。

当孩子睡时，在他唇上浮动着的微笑——有谁知道它是从什么地方生出来的？是的，有个谣传，说新月的一线年轻的清光，触着将消未消的秋云边上，于是微笑便初生在一个浴在清露里的早晨的梦中了——当孩子睡时，微笑便在他的唇上浮动着。

甜蜜柔嫩的新鲜生气，像花一般地在孩子的四肢上开放着——有谁知道它在什么地方藏得这样久？是的，当妈妈还是一个少女的时候，它已在爱的温柔而沉静的神秘中，潜伏在她的心里了——甜蜜柔嫩的新鲜生气，像花一般地在孩子的四肢上开放着。

孩童之道

只要孩子愿意，他此刻便可飞上天去。

他所以不离开我们，并不是没有缘故。

他爱把他的头倚在妈妈的胸间，他即使是一刻不见她，也是不行的。

孩子知道各式各样的聪明话，虽然世间的人很少懂得这些话的意义。

他所以永不想说，并不是没有缘故。

他所要做的一件事，就是要学习从妈妈的嘴唇里说出来的话。那就是他所以看来这样天真的缘故。

孩子有成堆的黄金与珠子，但他到这个世界上来，却像一个乞丐。

他所以这样假装了来，并不是没有缘故。

这个可爱的小小的裸着身体的乞丐，所以假装着完全无助的样子，便是想要乞求妈妈的爱的财富。

孩子在纤小的新月的世界里，是一切束缚都没有的。

他所以放弃了他的自由，并不是没有缘故。

他知道有无穷的快乐藏在妈妈的心的小小一隅里，被妈妈亲爱的手臂所拥抱，其甜美远胜过自由。

孩子永不知道如何哭泣。他所住的是完全的乐土。

他所以要流泪，并不是没有缘故。

虽然他用了可爱的脸儿上的微笑，引逗得他妈妈的热切的心向着他，然而他的因为细故而发的小小的哭声，却编成了怜与爱的双重约束的带子。

不被注意的花饰

啊，谁给那件小外衫染上颜色的，我的孩子，谁使你的温软的肢体穿上那件红的小外衫的？

你在早晨就跑出来到天井里玩儿，你，跑着就像摇摇欲跌似的。

但是谁给那件小外衫染上颜色的，我的孩子？

什么事叫你大笑起来的，我的小小的命芽儿？

妈妈站在门边，微笑地望着你。

她拍着她的双手，她的手镯丁当地响着。你手里拿着你的竹竿儿在跳舞，活像一个小小的牧童儿。

但是什么事叫你大笑起来的，我的小小的命芽儿？

喔，乞丐，你双手攀搂住妈妈的头颈，要乞讨些什么？

喔，贪得无厌的心，要我把整个世界从天上摘下来，像摘一个果子似的，把它放在你的一双小小的玫瑰色的手掌上么？

喔，乞丐，你要乞讨些什么？

风高兴地带走了你踝铃的丁当。

太阳微笑着，望着你的打扮。

当你睡在你妈妈的臂弯里时，天空在上面望着你，而早晨蹑手蹑脚地走到你的床跟前，吻着你的双眼。

风高兴地带走了你踝铃的丁当。

仙乡里的梦婆飞过朦胧的天空，向你飞来。

在你妈妈的心头上，那世界母亲，正和你坐在一块儿。

他，向星星奏乐的人，正拿着他的横笛，站在你的窗边。

仙乡里的梦婆飞过朦胧的天空，向你飞来。

偷睡眠者

谁从孩子的眼里把睡眠偷了去呢？我一定要知道。

妈妈把她的水罐挟在腰间，走到近村汲水去了。

这是正午的时候，孩子们游戏的时间已经过去了；池中的鸭子沉默无声。

牧童躺在榕树的阴下睡着了。

白鹤庄重而安静地立在檬果树边的泥泽里。

就在这个时候，偷睡眠者跑来从孩子的两眼里捉住睡眠，便飞去了。

当妈妈回来时，她看见孩子四肢着地地在屋里爬着。

谁从孩子的眼里把睡眠偷了去呢？我一定要知道。我一定要找到她，把她锁起来。

我一定要向那个黑洞里张望，在这个洞里，有一道小泉从圆的和有皱纹的石上滴下来。

我一定要到醉花①林中的沉寂的树影里搜寻。在这林中，鸽子在它们住的地方咕咕地叫着，仙女的脚环在繁星满天的静夜里丁当地响着。

---

① 醉花（bakula），印度传说美女口中吐出香液，此花始开。

我要在黄昏时，向静静的萧萧的竹林里窥望。在这林中，萤火虫闪闪地耗费它们的光明，只要遇见一个人，我便要问他："谁能告诉我偷睡眠者住在什么地方？"

谁从孩子的眼里把睡眠偷了去呢？我一定要知道。

只要我能捉住她，怕不会给她一顿好教训！

我要闯入她的巢穴，看她把所有偷来的睡眠藏在什么地方。

我要把它都夺来，带回家去。

我要把她的双翼缚得紧紧的，把她放在河边，然后叫她拿一根芦苇在灯芯草和睡莲间钓鱼为戏。

黄昏，街上已经收了市，村里的孩子们都坐在妈妈的膝上时，夜鸟便会讥笑地在她耳边说：

"你现在还想偷谁的睡眠呢？"

开　始

“我是从哪儿来的？你，在哪儿把我捡起来的？”孩子问他的妈妈说。

她把孩子紧紧地搂在胸前，半哭半笑地答道——

“你曾被我当作心愿藏在我的心里，我的宝贝。

“你曾存在于我孩童时代玩的泥娃娃身上；每天早晨我用泥土塑造我的神像，那时我反复地塑了又捏碎了的就是你。

“你曾和我们的家庭守护神一同受到祀奉，我崇拜家神时也就崇拜了你。

“你曾活在我所有的希望和爱情里，活在我的生命里，我母亲的生命里。

“在主宰着我们家庭的不死的精灵的膝上，你已经被抚育了好多年代了。

“当我做女孩子的时候，我的心的花瓣儿张开，你就像一股花香似的散发出来。

“你的软软的温柔，在我青春的肢体上开花了，像太阳出来之前的天空上的一片曙光。

“上天的第一宠儿，晨曦的孪生兄弟，你从世界的生命的溪流浮泛而下，终于停泊在我的心头。

“当我凝视你的脸蛋儿的时候，神秘之感湮没了我；你这属于一切人的，竟成了我的。

“为了怕失掉你，我把你紧紧地搂在胸前。是什么魔术把这世界的宝贝引到我这双纤小的手臂里来呢？”

孩子的世界

我愿我能在我孩子自己的世界的中心，占一角清净地。

我知道有星星同他说话，天空也在他面前垂下，用它傻傻的云朵和彩虹来娱悦他。

那些大家以为他是哑的人，那些看去像是永不会走动的人，都带了他们的故事，捧了满装着五颜六色的玩具的盘子，匍匐地来到他的窗前。

我愿我能在横过孩子心中的道路上游行，解脱了一切的束缚；

在那儿，使者奉了无所谓的使命奔走于无史的诸王的王国间；

在那儿，理智以她的法律造为纸鸢而飞放，真理也使事实从桎梏中自由了。

时候与原因

当我给你五颜六色的玩具的时候，我的孩子，我明白了为什么云上水上是这样的色彩缤纷、为什么花朵上染上绚烂的颜色的原因了——当我给你五颜六色的玩具的时候，我的孩子。

当我唱着使你跳舞的时候，我真的知道了为什么树叶儿响着音乐，为什么波浪把它们的合唱的声音送进静听着的大地的心头的原因了——当我唱着使你跳舞的时候。

当我把糖果送到你贪得无厌的双手上的时候，我知道了为什么在花萼里会有蜜、为什么水果里会秘密地充溢了甜汁的原因了——当我把糖果送到你贪得无厌的双手上的时候。

当我吻着你的脸蛋儿叫你微笑的时候，我的宝贝，我的确明白了在晨光里从天上流下来的是什么样的快乐，而夏天的微飔吹拂在我的身体上的又是什么样的爽快——当我吻着你的脸蛋儿叫你微笑的时候。

责　备

为什么你眼里有了眼泪，我的孩子？

他们真是可怕，常常无谓地责备你！

你写字时墨水玷污了你的手和脸——这就是他们所以骂你龌龊的缘故么？

呵，呸！他们也敢因为圆圆的月儿用墨水涂了脸，便骂它龌龊么？

他们总要为了每一件小事去责备你，我的孩子。他们总是无谓地寻人错处。

你游戏时扯破了你的衣服——这就是他们所以说你不整洁的缘故么？

呵，呸！秋之晨从它的破碎的云衣中露出微笑，那末，他们要叫它什么呢？

他们对你说什么话，尽管可以不去理睬他，我的孩子。

他们把你做错的事长长地记了一笔账。

谁都知道你是十分喜欢糖果的——这就是他们所以称你做贪婪的缘故么？

呵，呸！我们是喜欢你的。那末，他们要叫我们什么呢？

审判官

你想说他什么尽管说罢，但是我知道我孩子的短处。

我爱他并不因为他好，只是因为他是我的小小的孩子。

你如果把他的好处与坏处两两相权一下，恐怕你就会知道他是如何的可爱罢？

当我必须责罚他的时候，他更成为我的生命的一部分了。

当我使他眼泪流出时，我的心也和他同哭了。

只有我才有权去骂他、去责罚他，因为只有热爱人的才可以惩戒人。

玩　具

孩子，你真是快活呀，一早晨坐在泥土里，耍着折下来的小树枝儿。

我微笑地看你在那里耍着那根折下来的小树枝儿。

我正忙着算账，一小时一小时在那里加叠数字。

也许你在看我，想道，“这种好没趣的游戏，竟把你的一早晨的好时间浪费掉了！”

孩子，我忘了聚精会神玩耍树枝与泥饼的方法了。

我寻求贵重的玩具，收集金块与银块。

你呢，无论找到什么便去做你的快乐的游戏；我呢，却把我的时间与力气都浪费在那些我永不能得到的东西上。

我在我的脆薄的独木船里挣扎着要航过欲望之海，竟忘了我也是在那里做游戏了。

天文家

我不过说："当傍晚圆圆的满月挂在迦昙波①的枝头时，有人能去捉住它么？"

哥哥却对我笑道："孩子呀，你真是我所见到的顶顶傻的孩子。月亮离我们这样远，谁能去捉住它呢？"

我说："哥哥，你真傻！当妈妈向窗外探望，微笑着往下看我们游戏时，你也能说她远么？"

哥哥还是说："你这个傻孩子！但是，孩子，你到哪里去找一个大得能逮住月亮的网呢？"

我说："你自然可以用双手去捉住它呀。"

但是哥哥还是笑着说："你真是我所见到的顶顶傻的孩子！如果月亮走近了，你便知道它是多么大了。"

我说："哥哥，你们学校里所教的，真是没有用呀！当妈妈低下脸儿跟我们亲嘴时，她的脸看来也是很大的么！"

但是哥哥还是说："你真是一个傻孩子。"

---

① 迦昙波，原名 kadam，亦作 kadamba，意译"白花"，即昙花。

云与波

妈妈，住在云端的人对我唤道——

“我们从醒的时候游戏到白日终止。

“我们与黄金色的曙光游戏，我们与银白色的月亮游戏。”

我问道：“但是，我怎么能够上你那里去呢？”

他们答道：“你到地球的边上来，举手向天，就可以被接到云端里来了。”

“我妈妈在家里等我呢，”我说，“我怎么能离开她而来呢？”

于是他们微笑着浮游而去。

但是我知道一件比这个更好的游戏，妈妈。

我做云，你做月亮。

我用两只手遮盖你，我们的屋顶就是青碧的天空。

住在波浪上的人对我唤道——

“我们从早晨唱歌到晚上；我们前进又前进地旅行，也不知我们所经过的是什么地方。”

我问道：“但是，我怎么能加入你们队伍里去呢？”

他们告诉我说：“来到岸旁，站在那里，紧闭你的两眼，你就被带到波浪上来了。”

我说：“傍晚的时候，我妈妈常要我在家里——我怎么能离开她而去呢?”

于是他们微笑着，跳着舞奔流过去。

但是我知道一件比这个更好的游戏。

我是波浪，你是陌生的岸。

我奔流而进，进，进，笑哈哈地撞碎在你的膝上。

世界上就没有一个人会知道我们俩在什么地方。

仙人世界

如果人们知道了我的国王的宫殿在哪里，它就会消失在空气中的。

墙壁是白色的银，屋顶是耀眼的黄金。

皇后住在有七个庭院的宫苑里；她戴的一串珠宝，值得整整七个王国的全部财富。

不过，让我悄悄地告诉你，妈妈，我的国王的宫殿究竟在哪里。

它就在我们阳台的角上，在那栽着杜尔茜花的花盆放着的地方。

公主躺在远远的隔着七个不可逾越的重洋的那一岸沉睡着。

除了我自己，世界上便没有人能够找到她。

她臂上有镯子，她耳上挂着珍珠，她的头发拖到地板上。

当我用我的魔杖点触她的时候，她就会醒过来；而当她微笑时，珠玉将会从她唇边落下来。

不过，让我在你的耳朵边悄悄地告诉你，妈妈，她就住在我们阳台的角上，在那栽着杜尔茜花的花盆放着的地方。

当你要到河里洗澡的时候，你走上屋顶的那座阳台来罢。

我就坐在墙的阴影所聚会的一个角落里。

我只让小猫儿跟我在一起，因为它知道那故事里的理发匠住的地方。

不过，让我在你的耳朵边悄悄地告诉你，那故事里的理发匠到底住在哪里。

他住的地方，就在阳台的角上，在那栽着杜尔茜花的花盆放着的地方。

流放的地方

妈妈，天空上的光成了灰色了；我不知道是什么时候了。

我玩得怪没劲儿的，所以到你这里来了。这是星期六，是我们的休息日。

放下你的活计，妈妈；坐在靠窗的一边，告诉我童话里的特潘塔沙漠在什么地方。

雨的影子遮掩了整个白天。

凶猛的电光用它的爪子抓着天空。

当乌云在轰轰地响着、天打着雷的时候，我总爱心里带着恐惧爬伏到你的身上。

当大雨倾泻在竹叶子上好几个钟头，而我们的窗户为狂风震得咯咯发响的时候，我就爱独自和你坐在屋里，妈妈，听你讲童话里的特潘塔沙漠的故事。

它在哪里，妈妈，在哪一个海洋的岸上，在哪些个山峰的脚下，在哪一个国王的国土里？

田地上没有此疆彼壤的界石，也没有村人在黄昏时走回家的，或妇人在树林里捡拾枯枝而捆载到市场上去的道路。沙地上只有一小块一小块的黄色草地，只有一株树，就是那一对聪明的老鸟儿在那里做窝的，那个地方就是特潘塔沙漠。

我能够想象得到，就在这样一个乌云密布的日子，国王的年轻的儿子，怎样地独自骑着一匹灰色马，走过这个沙漠，去寻找那被囚禁在不可知的重洋之外的巨人宫里的公主。

当雨雾在遥远的天空下降，电光像一阵突然发作的痛楚的痉挛似的闪射的时候，他可记得他的不幸的母亲，为国王所弃，正在扫除牛棚，眼里流着眼泪，当他骑马走过童话里的特潘塔沙漠的时候？

看，妈妈，一天还没有完，天色就差不多黑了，那边村庄的路上没有什么旅客了。

牧童早就从牧场上回家了，人们都已从田地里回来，坐在他们草屋的檐下的草席上，眼望着阴沉的云块。

妈妈，我把我所有的书本都放在书架上了——不要叫我现在做功课。

当我长大了，大得像爸爸一样的时候，我将会学到必须学到的东西的。

但是，今天你可得告诉我，妈妈，童话里的特潘塔沙漠在什么地方？

雨 天

乌云很快地聚拢在森林的黝黑的边缘上。

孩子，不要出去呀！

湖边的一行棕树，向暝暗的天空撞着头；羽毛零乱的乌鸦，静悄悄地栖在罗望子的枝上，河的东岸正被乌沉沉的暝色所侵袭。

我们的牛系在篱上，高声鸣叫。

孩子，在这里等着，等我先把牛牵进牛棚里去。

许多人都挤在池水泛溢的田间，捉那从泛溢的池中逃出来的鱼儿；雨水成了小河，流过狭弄，好像一个嬉笑的孩子从他妈妈那里跑开，故意要恼她一样。

听呀，有人在浅滩上喊船夫呢。

孩子，天色暝暗了，渡头的摆渡船已经停了。

天空好像是在滂沱的雨上快跑着；河里的水喧叫而且暴躁；妇人们早已拿着汲满了水的水罐，从恒河畔匆匆地回家了。

夜里用的灯，一定要预备好。

孩子，不要出去呀！

到市场去的大道已没有人走，到河边去的小路又很滑。风在竹林里咆哮着、挣扎着，好像一只落在网中的野兽。

纸　船

我每天把纸船一个个放在急流的溪中。

我用大黑字写我的名字和我住的村的名在纸船上。

我希望住在异地的人会得到这纸船，知道我是谁。

我把园中长的秀利花载在我的小船上，希望这些黎明开的花能在夜里平平安安地带到岸上。

我投我的纸船到水里，仰望天空，看见小朵的云正张着满鼓着风的白帆。

我不知道天上有我的什么游伴把这些船放下来同我的船比赛！

夜来了，我的脸埋在手臂里，梦见我的纸船在子夜的星光下缓缓地浮泛前去。

睡仙坐在船里，带着满载着梦的篮子。

水　手

船夫曼特胡的船只停泊在拉琪根琪码头。

这只船无用地装载着黄麻，无所事事地停泊在那里已经好久了。

只要他肯把他的船借给我，我就给它安装一百支桨，扬起五个或六个或七个布帆来。

我决不把它驾驶到愚蠢的市场上去。

我将航行遍仙人世界里的七个大海和十三条河道。

但是，妈妈，你不要躲在角落里为我哭泣。

我不会像罗摩犍陀罗①似的，到森林中去，一去十四年才回来。

我将成为故事中的王子，把我的船装满了我所喜欢的东西。

我将带我的朋友阿细和我做伴。我们要快快乐乐地航行于仙人世界里的七个大海和十三条河道。

我将在绝早的晨光里张帆航行。

---

① 罗摩犍陀罗即罗摩。他是印度叙事诗《罗摩衍那》中的主角。为了尊重父亲的诺言和维持弟兄间的友爱，他抛弃了继承王位的权利，和妻子悉多在森林中被放逐了十四年。

中午，你正在池塘里洗澡的时候，我们将在一个陌生的国王的国土上了。

我们将经过特浦尼浅滩，把特潘塔沙漠抛落在我们的后边。

当我们回来的时候，天色快黑了，我将告诉你我们所见到的一切。

我将越过仙人世界里的七个大海和十三条河道。

对　岸

我渴想到河的对岸去。

在那边，好些船只一行儿系在竹竿上；

人们在早晨乘船渡过那边去，肩上扛着犁头，去耕耘他们的远处的田；

在那边，牧人使他们鸣叫着的牛游泳到河旁的牧场去；

黄昏的时候，他们都回家了，只留下豺狼在这满长着野草的岛上哀叫。

妈妈，如果你不在意，我长大的时候，要做这渡船的船夫。

据说有好些古怪的池塘藏在这个高岸之后。

雨过去了，一群一群的野鹜飞到那里去，茂盛的芦苇在岸边四围生长，水鸟在那里生蛋；

竹鸡带着跳舞的尾巴，将它们细小的足印印在洁净的软泥上；

黄昏的时候，长草顶着白花，邀月光在长草的波浪上浮游。

妈妈，如果你不在意，我长大的时候，要做这渡船的船夫。

我要自此岸至彼岸，渡过来，渡过去，所有村中正在那儿沐浴的男孩女孩，都要诧异地望着我。

太阳升到中天，早晨变为正午了，我将跑到你那里去，说道："妈妈，我饿了！"

一天完了，影子俯伏在树底下，我便要在黄昏中回家来。

我将永不同爸爸那样，离开你到城里去做事。

妈妈，如果你不在意，我长大的时候，要做这渡船的船夫。

花的学校

当雷云在天上轰响，六月的阵雨落下的时候。

润湿的东风走过荒野，在竹林中吹着口笛。

于是一群一群的花从无人知道的地方突然跑出来，在绿草上狂欢地跳着舞。

妈妈，我真的觉得那群花朵是在地下的学校里上学。

他们关了门做功课，如果他们想在散学以前出来游戏，他们的老师是要罚他们站壁角的。

雨一来，他们便放假了。

树枝在林中互相碰触着，绿叶在狂风里萧萧地响着，雷云拍着大手，花孩子们便在那时候穿了紫的、黄的、白的衣裳，冲了出来。

你可知道，妈妈，他们的家是在天上，在星星所住的地方。

你没有看见他们怎样地急着要到那儿去么？你不知道他们为什么那样急急忙忙么？

我自然能够猜得出他们是对谁扬起双臂来：他们也有他们的妈妈，就像我有我自己的妈妈一样。

商　人

妈妈，让我们想象，你待在家里，我到异邦去旅行。

再想象，我的船已经装得满满的在码头上等候启碇了。

现在，妈妈，好生想一想再告诉我，回来的时候我要带些什么给你。

妈妈，你要一堆一堆的黄金么？

在金河的两岸，田野里全是金色的稻实。

在林荫的路上，金色花也一朵一朵地落在地上。

我要为你把它们全都收拾起来，放在好几百个篮子里。

妈妈，你要秋天的雨点一般大的珍珠么？

我要渡海到珍珠岛的岸上去。

那个地方，在清晨的曙光里，珠子在草地的野花上颤动。珠子落在绿草上，珠子被汹狂的海浪一大把一大把地撒在沙滩上。

我的哥哥呢，我要送他一对有翼的马，会在云端飞翔的。

爸爸呢，我要带一支有魔力的笔给他，他还没有觉得，笔就写出字来了。

你呢，妈妈，我一定要把那个值七个国王的王国的首饰箱和珠宝送给你。

同　情

如果我只是一只小狗，而不是你的小孩，亲爱的妈妈，当我想吃你的盘里的东西时，你要向我说“不”么?

你要赶开我，对我说道:“滚开，你这淘气的小狗”么?

那末，走罢，妈妈，走罢！当你叫唤我的时候，我就永不到你那里去，也永不要你再喂我吃东西了。

如果我只是一只绿色的小鹦鹉，而不是你的小孩，亲爱的妈妈，你要把我紧紧地锁住，怕我飞走么?

你要对我摇你的手，说道:“怎样的一个不知感恩的贱鸟呀！整日整夜地尽在咬它的链子”么?

那末，走罢，妈妈，走罢！我要跑到树林里去；我就永不再让你抱我在你的臂里了。

职　业

早晨，钟敲十下的时候，我沿着我们的小巷到学校去。

每天我都遇见那个小贩，他叫道："镯子呀，亮晶晶的镯子！"

他没有什么事情急着要做，他没有哪条街一定要走，他没有什么地方一定要去，他没有什么时间一定要回家。

我愿意我是一个小贩，在街上过日子，叫着："镯子呀，亮晶晶的镯子！"

下午四点，我从学校里回家。

从一家门口，我看得见一个园丁在那里掘地。

他用他的锄子，要怎么掘，便怎么掘，他被尘土污了衣裳。如果他被太阳晒黑了或是身上被打湿了，都没有人骂他。

我愿意我是一个园丁，在花园里掘地，谁也不来阻止我。

天色刚黑，妈妈就送我上床。

从开着的窗口，我看得见更夫走来走去。

小巷又黑又冷清，路灯立在那里，像一个头上生着一只红眼睛的巨人。

更夫摇着他的提灯，跟他身边的影子一起走着，他一生一次都没有上床去过。

我愿意我是一个更夫，整夜在街上走，提了灯去追逐影子。

长　者

妈妈，你的孩子真傻！她是那末可笑的不懂事！

她不知道路灯和星星的分别。

当我们玩着把小石子当食物的游戏时，她便以为它们真是吃的东西，竟想放进嘴里去。

当我翻开一本书，放在她面前，要她读 a，b，c 时，她却用手把书页撕了，无端快活地叫起来；你的孩子就是这样做功课的。

当我生气地对她摇头，骂她，说她顽皮时，她却哈哈大笑，以为很有趣。

谁都知道爸爸不在家，但是，如果我在游戏时高声叫一声“爸爸”，她便要高兴地四面张望，以为爸爸真是近在身边。

当我把洗衣人带来载衣服回去的驴子当作学生，并且警告她说，我是老师，她却无缘无故地乱叫起我哥哥来。

你的孩子要捉月亮。她是这样的可笑；她把格尼许①唤作琪奴许。

妈妈，你的孩子真傻，她是那末可笑的不懂事！

---

① 格尼许（ganesh）是毁灭之神湿婆的儿子，象首人身。同时也是现代印度人最喜欢用来做名字的第一个字。

小大人

我人很小，因为我是一个小孩子。到了我像爸爸一样年纪时，便要变大了。

我的先生要是走来说道："时候晚了，把你的石板、你的书拿来。"

我便要告诉他道："你不知道我已经同爸爸一样大了么？我决不再学什么功课了。"

我的老师便将惊异地说道："他读书不读书可以随便，因为他是大人了。"

我将自己穿了衣裳，走到人群拥挤的市场里去。

我的叔叔要是跑过来说道："你要迷路了，我的孩子；让我领着你罢。"

我便要回答道："你没有看见么，叔叔，我已经同爸爸一样大了？我决定要独自一个人到市场里去。"

叔叔便将说道："是的，他随便到哪里去都可以，因为他是大人了。"

当我正拿钱给我保姆时，妈妈便要从浴室中出来，因为我是知道怎样用我的钥匙去开银箱的。

妈妈要是说道："你在做什么呀，顽皮的孩子？"

我便要告诉她道："妈妈，你不知道我已经同爸爸一样大了么？我必须拿钱给保姆。"

妈妈便将自言自语道："他可以随便把钱给他所喜欢的人，因为他是大人了。"

当十月里放假的时候，爸爸将要回家，他会以为我还是一个小孩子，为我从城里带来了小鞋子和小绸衫来。

我便要说道："爸爸，把这些东西给哥哥罢，因为我已经同你一样大了。"

爸爸便将想了一想，说道："他可以随便去买他自己穿的衣裳，因为他是大人了。"

十二点钟

妈妈，我真想现在不做功课了。我整个早晨都在念书呢。

你说，现在还不过是十二点钟。假定不会晚过十二点罢，难道你不能把不过是十二点钟想象成下午么？

我能够容容易易地想象：现在太阳已经到了那片稻田的边缘上了，老态龙钟的渔婆正在池边采撷香草做她的晚餐。

我闭上了眼就能够想到，马塔尔树下的阴影是更深黑了，池塘里的水看来黑得发亮。

假如十二点钟能够在黑夜里来到，为什么黑夜不能在十二点钟的时候来到呢？

著作家

你说爸爸写了许多书，但我却不懂得他所写的东西。

他整个黄昏读书给你听，但是你真懂得他的意思么？

妈妈，你给我们讲的故事，真是好听呀！我很奇怪，爸爸为什么不能写那样的书呢？

难道他从来没有从他自己的妈妈那里听见过巨人和神仙和公主的故事么？

还是已经完全忘记了？

他常常耽误了沐浴，你不得不走去叫他一百多次。

你总要等候着，把他的菜温着等他。但他忘了，还尽管写下去。

爸爸老是以著书为游戏。

如果我一走进爸爸房里去游戏，你就要走来叫道："真是一个顽皮的孩子！"

如果我稍微出一点声音，你就要说："你没有看见你爸爸正在工作么？"

老是写了又写，有什么趣味呢？

当我拿起爸爸的钢笔或铅笔，跟他一模一样地在他的书上写着——a，b，c，d，e，f，g，h，i——那时，你为什么跟我生气呢，妈妈？

爸爸写时，你却从来不说一句话。

当我爸爸耗费了那末一大堆纸时，妈妈，你似乎全不在乎。

但是，如果我只取了一张纸去做一只船，你却要说："孩子，你真讨厌！"

你对于爸爸拿黑点子涂满了纸的两面，污损了许多许多张纸，你心里以为怎样呢？

恶邮差

你为什么坐在那边地板上不言不动的，告诉我呀，亲爱的妈妈？

雨从开着的窗口打进来了，把你身上全打湿了，你却不管。

你听见钟已打四下了么？正是哥哥从学校里回家的时候了。

到底发生了什么事，你的神色这样不对？

你今天没有接到爸爸的信么？

我看见邮差在他的袋里带了许多信来，几乎镇里的每个人都分送到了。

只有爸爸的信,他留起来给他自己看。我确信这个邮差是个坏人。

但是不要因此不乐呀，亲爱的妈妈。

明天是邻村市集的日子，你叫女仆去买些笔和纸来。

我自己会写爸爸所写的一切信；使你找不出一点错处来。

我要从 A 字一直写到 K 字。

但是，妈妈，你为什么笑呢？

你不相信我能写得同爸爸一样好！

但是我将用心画格子，把所有的字母都写得又大又美。

当我写好了时，你以为我也像爸爸那样傻，把它投入可怕的邮差的袋中么？

我立刻就自己送来给你，而且一个字母、一个字母地帮助你读。

我知道那邮差是不肯把真正的好信送给你的。

英　雄

妈妈，让我们想象我们正在旅行，经过一个陌生而危险的国度。

你坐在一顶轿子里，我骑着一匹红马，在你旁边跑着。

是黄昏的时候，太阳已经下山了。约拉地希的荒地疲乏而灰暗地展开在我们面前。大地是凄凉而荒芜的。

你害怕了，想道——“我不知道我们到了什么地方了。”

我对你说道：“妈妈，不要害怕。”

草地上刺蓬蓬地长着针尖似的草，一条狭而崎岖的小道通过这块草地。

在这片广大的地面上看不见一只牛；它们已经回到它们村里的牛棚去了。

天色黑了下来，大地和天空都显得朦朦胧胧的，而我们不能说出我们正走向什么所在。

突然间，你叫我，悄悄地问我道：“靠近河岸的是什么火光呀？”

正在那个时候，一阵可怕的呐喊声爆发了，好些人影子向我们跑过来。

你蹲坐在你的轿子里，嘴里反复地祷念着神的名字。

轿夫们，怕得发抖，躲藏在荆棘丛中。

我向你喊道："不要害怕，妈妈，有我在这里。"

他们手里执着长棒，头发披散着，越走越近了。

我喊道："要当心！你们这些坏蛋！再向前走一步，你们就要送命了。"

他们又发出一阵可怕的呐喊声，向前冲过来。

你抓住我的手，说道："好孩子，看在上天面上，躲开他们罢。"

我说道："妈妈，你瞧我的。"

于是我刺策着我的马匹，猛奔过去，我的剑和盾彼此碰着作响。

这一场战斗是那末激烈，妈妈，如果你从轿子里看得见的话，你一定会发冷战的。

他们之中，许多人逃走了，还有好些人被砍杀了。

我知道你那时独自坐在那里，心里正在想着，你的孩子这时候一定已经死了。

但是我跑到你的跟前，浑身溅满了鲜血，说道："妈妈，现在战争已经结束了。"

你从轿子里走出来，吻着我，把我搂在你的心头，你自言自语地说道：

"如果我没有我的孩子护送我，我简直不知道怎么办才好。"

一千件无聊的事天天在发生，为什么这样一件事不能够偶然实现呢？

这很像一本书里的一个故事。

我的哥哥要说道："这是可能的事么？我老是想，他是那末嫩弱呢!”

我们村里的人们都要惊讶地说道:“这孩子正和他妈妈在一起,这不是很幸运么?”

告　别

是我走的时候了，妈妈；我走了。

当清寂的黎明，你在暗中伸出双臂，要抱你睡在床上的孩子时，我要说道："孩子不在那里呀！"——妈妈，我走了。

我要变成一股清风抚摩着你；我要变成水中的涟漪，当你浴时，把你吻了又吻。

大风之夜，当雨点在树叶中淅沥时，你在床上，会听见我的微语。当电光从开着的窗口闪进你的屋里时，我的笑声也偕了它一同闪进了。

如果你醒着躺在床上，想你的孩子到深夜，我便要从星空向你唱道："睡呀！妈妈，睡呀。"

我要坐在各处游荡的月光上，偷偷地来到你的床上，乘你睡着时，躺在你的胸上。

我要变成一个梦儿，从你的眼皮的微缝中，钻到你的睡眠的深处。当你醒来吃惊地四望时，我便如闪耀的萤火似的熠熠地向暗中飞去了。

当普耶节日①，邻舍家的孩子们来屋里玩耍时，我便要融化

---

① 普耶（Puja），意为"祭神大典"，这里的"普耶节"，是指印度十月间的"难近母祭日"。

在笛声里，整日价在你心头震荡。

亲爱的阿姨带了普耶礼①来，问道："我们的孩子在哪里，姊姊？"妈妈，你将要柔声地告诉她："他呀，他现在是在我的瞳人里，他现在是在我的身体里，在我的灵魂里。"

① 普耶礼就是指普耶节亲友相互馈送的礼物。

召　唤

她走的时候，夜间黑漆漆的，他们都睡了。

现在，夜间也是黑漆漆的，我唤她道："回来，我的宝贝；世界都在沉睡；当星星互相凝视的时候，你来一会儿是没有人会知道的。"

她走的时候，树木正在萌芽，春光刚刚来到。

现在花已盛开，我唤道："回来，我的宝贝。孩子们漫不经心地在游戏，把花聚在一块，又把它们散开。你如走来，拿一朵小花去，没有人会发觉的。"

常常在游戏的那些人，仍然还在那里游戏，生命总是如此地浪费。

我静听他们的空谈，便唤道："回来，我的宝贝，妈妈的心里充满着爱，你如走来，仅仅从她那里接一个小小的吻，没有人会妒忌的。"

第一次的茉莉

呵，这些茉莉花，这些白的茉莉花！

我仿佛记得我第一次双手满捧着这些茉莉花，这些白的茉莉花的时候。

我喜爱那日光，那天空，那绿色的大地；

我听见那河水淙淙的流声，在黑漆的午夜里传过来；

秋天的夕阳，在荒原上大路转角处迎我，如新妇揭起她的面纱迎接她的爱人。

但我想起孩提时第一次捧在手里的白茉莉，心里充满着甜蜜的回忆。

我生平有过许多快活的日子，在节日宴会的晚上，我曾跟着说笑话的人大笑。

在灰暗的雨天的早晨，我吟哦过许多飘逸的诗篇。

我颈上戴过爱人手织的醉花的花圈，作为晚装。

但我想起孩提时第一次捧在手里的白茉莉，心里充满着甜蜜的回忆。

榕　树

喂，你站在池边的蓬头的榕树，你可曾忘记了那小小的孩子，就像那在你的枝上筑巢又离开了你的鸟儿似的孩子？

你不记得他怎样坐在窗内，诧异地望着你深入地下的纠缠的树根么？

妇人们常到池边，汲了满罐的水去，你的大黑影便在水面上摇动，好像睡着的人挣扎着要醒来似的。

日光在微波上跳舞，好像不停不息的小梭在织着金色的花毡。

两只鸭子挨着芦苇，在芦苇影子上游来游去，孩子静静地坐在那里想着。

他想做风，吹过你的萧萧的枝杈；想做你的影子，在水面上，随了日光而俱长；想做一只鸟儿，栖息在你的最高枝上；还想做那两只鸭，在芦苇与阴影中间游来游去。

祝　福

祝福这个小心灵，这个洁白的灵魂，他为我们的大地，赢得了天的接吻。

他爱日光，他爱见他妈妈的脸。

他没有学会厌恶尘土而渴求黄金。

紧抱他在你心里，并且祝福他。

他已来到这个歧路百出的大地上了。

我不知道他怎么从群众中选出你来，来到你的门前抓住你的手问路。

他笑着，谈着，跟着你走，心里没有一点儿疑惑。

不要辜负他的信任，引导他到正路，并且祝福他。

把你的手按在他的头上，祈求着：底下的波涛虽然险恶，然而从上面来的风，会鼓起他的船帆，送他到和平的港口的。

不要在忙碌中把他忘了，让他来到你的心里，并且祝福他。

赠　品

我要送些东西给你，我的孩子，因为我们同是漂泊在世界的溪流中的。

我们的生命将被分开，我们的爱也将被忘记。

但我却没有那样傻，希望能用我的赠品来买你的心。

你的生命正是青青，你的道路也长着呢，你一口气饮尽了我们带给你的爱，便回身离开我们跑了。

你有你的游戏，有你的游伴。如果你没有时间同我们在一起，如果你想不到我们，那有什么害处呢?

我们呢，自然的，在老年时，会有许多闲暇的时间，去计算那过去的日子，把我们手里永久失了的东西，在心里爱抚着。

河流唱着歌很快地流去，冲破所有的堤防。但是山峰却留在那里，忆念着，满怀依依之情。

我的歌

我的孩子，我这一支歌将扬起它的乐声围绕你的身旁，好像那爱情的热恋的手臂一样。

我这一支歌将触着你的前额，好像那祝福的接吻一样。

当你只是一个人的时候，它将坐在你的身旁，在你耳边微语着；当你在人群中的时候，它将围住你，使你超然物外。

我的歌将成为你的梦的翼翅，它将把你的心移送到不可知的岸边。

当黑夜覆盖在你路上的时候，它又将成为那照临在你头上的忠实的星光。

我的歌又将坐在你眼睛的瞳仁里，将你的视线带入万物的心里。

当我的声音因死亡而沉寂时，我的歌仍将在你活泼泼的心中唱着。

孩子的天使

他们喧哗争斗，他们怀疑失望，他们辩论而没有结果。

我的孩子，让你的生命到他们当中去，如一线镇定而纯洁之光，使他们愉悦而沉默。

他们的贪心和妒忌是残忍的；他们的话，好像暗藏的刀，渴欲饮血。

我的孩子，去，去站在他们愤懑的心中，把你的和善的眼光落在它们上面，好像那傍晚的宽宏大量的和平，覆盖着日间的骚扰一样。

我的孩子，让他们望着你的脸，因此能够知道一切事物的意义；让他们爱你，因此他们能够相爱。

来，坐在无垠的胸膛上，我的孩子。朝阳出来时，开放而且昂起你的心，像一朵盛开的花；夕阳落下时，低下你的头，默默地做完这一天的礼拜。

最后的买卖

早晨，我在石铺的路上走时，我叫道："谁来雇用我呀？"

皇帝坐着马车，手里拿着剑走来。

他拉着我的手，说道："我要用权力来雇用你。"

但是他的权力算不了什么，他坐着马车走了。

正午炎热的时候，家家户户的门都闭着。

我沿着弯曲的小巷走去。

一个老人带着一袋金钱走出来。

他斟酌了一下，说道："我要用金钱来雇用你。"

他一个一个地数着他的钱，但我却转身离去了。

黄昏了。花园的篱上满开着花。

美人走出来，说道："我要用微笑来雇用你。"

她的微笑黯淡了，化成泪容了，她孤寂地回身走进黑暗里去。

太阳照耀在沙地上，海波任性的浪花四溅。

一个小孩坐在那里玩贝壳。

他抬起头来，好像认识我似的，说道："我雇你不用什么东西。”

从此以后，在这个小孩的游戏中做成的买卖，使我成了一个自由的人。

飞 鸟 集

1

夏天的飞鸟，飞到我窗前唱歌，又飞去了。

秋天的黄叶，它们没有什么可唱，只叹息一声，飞落在那里。

2

世界上的一队小小的漂泊者呀，请留下你们的足印在我的文字里。

3

世界对着它的爱人，把它浩瀚的面具揭下了。

它变小了，小如一首歌，小如一回永恒的接吻。

4

是大地的泪点，使她的微笑保持着青春不谢。

5

广漠无垠的沙漠热烈地追求着一叶绿草的爱。但她摇摇头，笑起来，飞了开去。

6

如果错过了太阳时你流了泪，那么你也要错过群星了。

7

跳舞着的流水啊，在你途中的泥沙，要求你的歌声，你的流动呢。你肯挟跛足的泥沙而俱下么？

8

她的热切的脸，如夜雨似的，搅扰着我的梦魂。

9

有一次，我们梦见大家都是不相识的。

我们醒了，却知道我们原是相亲相爱的。

10

忧思在我的心里平静下去，正如黄昏在寂静的林中。

11

有些看不见的手指，如懒懒的微飔似的，正在我的心上，奏着潺湲的乐声。

12

“海水呀，你说的是什么？”

“是永恒的疑问。”

“天空呀，你回答的话是什么？”

“是永恒的沉默。”

13

静静地听，我的心呀，听那“世界”的低语，这是他对你的爱的表示呀。

14

创造的神秘，有如夜间的黑暗——是伟大的。而知识的幻影，不过如晨间之雾。

15

不要因为峭壁是高的，而让你的爱情坐在峭壁上。

16

我今晨坐在窗前，“世界”如一个过路的人似的，停留了一会，向我点点头又走过去了。

17

这些微思，是绿叶的簌簌之声呀；它们在我的心里，愉悦地微语着。

18

你看不见你的真相，你所看见的，只是你的影子。

19

主呀，我的那些愿望真是愚傻呀，它们杂在你的歌声中喧叫着呢。

让我只是静听着吧。

20

我不能选择那最好的。

是那最好的选择我。

21

那些把灯背在他们的背上的人，把他们的影子投到他们前面去。

22

我存在，乃是所谓生命的一个永久的奇迹。

23

“我们，萧萧的树叶，都有声响回答那暴风雨。但你是谁呢，那样地沉默着？”

“我不过是一朵花。”

24

休息之隶属于工作，正如眼睑之隶属于眼睛。

25

人是一个初生的孩子，他的力量，就是生长的力量。

26

上帝希望我们酬答他的，在于他送给我们的花朵，而不在于太阳和土地。

27

光如一个裸体的孩子，快快活活地在绿叶当中游戏，他不知道人是会欺诈的。

28

啊，美呀，在爱中找你自己吧，不要到你镜子的谄谀中去找呀。

29

我的心冲激着她的波浪，在“世界”的海岸上，蘸着眼泪在上边写着她的题记：

“我爱你。”

30

“月儿呀，你在等候什么呢?”

“要致敬意于我必须给他让路的太阳。”

31

绿树长到了我的窗前，仿佛是喑哑的大地发出的渴望的声音。

32

上帝自己的清晨，在他自己看来也是新奇的。

33

生命因了“世界”的要求，得到他的资产；因为爱的要求，得到他的价值。

34

干的河床，并不感谢他的过去。

35

鸟儿愿为一朵云。
云儿愿为一只鸟。

36

瀑布歌道："我得到自由时便有歌声了。"

37

我不能说出这心为什么那样默默地颓丧着。
那小小的需要，他是永不要求，永不知道，永不记着的。

38

妇人，你在料理家事的时候，你的手足歌唱着，正如山间的溪水歌唱着在小石中流过。

39

太阳横过西方的海面时，对着东方，致他的最后的敬礼。

40

不要因为你自己没有胃口，而去责备你的食物。

41

群树如表示大地的愿望似的，竖趾立着，向天空窥望。

42

你微微地笑着，不同我说什么话，而我觉得，为了这个，我已等待得久了。

43

水里的游鱼是沉默的，陆地上的兽类是喧闹的，空中的飞鸟是歌唱着的；但是，人类却兼有了海里的沉默、地上的喧闹，与空中的音乐。

44

“世界”在踌躇之心的琴弦上跑过去，奏出忧郁的乐声。

45

他把他的刀剑当作他的上帝。
当他的刀剑胜利时他自己却失败了。

46

上帝从创造中找到他自己。

47

阴影戴上她的面幕，秘密地、温顺地，用她的沉默的爱的脚步，跟在“光”后边。

48

群星不怕显得像萤火虫那样。

49

谢谢上帝，我不是一个权力的轮子，而是被轧在这轮下的活人之一。

50

心是尖锐的，不是宽博的，它执着在每一点上，却并不活动。

51

你的偶像委散在尘土中了，这可证明上帝的尘土比你的偶像还伟大。

52

人在他的历史中表现不出他自己，他在历史中奋斗着露出头角。

53

玻璃灯因为瓦灯叫他做表兄而责备瓦灯。但当明月出来时，玻璃灯却温和地微笑着，叫明月为——“我亲爱的，亲爱的姊姊”。

54

我们如海鸥之与波涛相遇似的，遇见了，走近了。海鸥飞去，波涛滚滚的流开，我们也分别了。

55

日间的工作完了，于是我像一只拖在海滩上的小船，静静地听着晚潮跳舞的乐声。

56

我们的生命是天赋的，我们唯有献出生命，才能得到生命。

57

当我们大为谦卑的时候，便是我们最近于伟大的时候。

58

麻雀看见孔雀负担着它的翎尾，替它担忧。

59

决不要害怕刹那——永恒之声这样地唱着。

60

飓风于无路之中寻求最短之路，又突然地在“无何有之国”终止它的寻求了。

61

在我自己的杯中，饮了我的酒吧，朋友。

一倒在别人的杯里，这酒的腾跳的泡沫便要消失了。

62

“完全”为了对“不全”的爱，把自己装饰得美丽。

63

上帝对人说道：“我医治你，所以要伤害你。我爱你，所以要惩罚你。”

64

谢谢火焰给你光明，但是不要忘了那执灯的人，他是坚忍地站在黑暗当中呢。

65

小草呀，你的足步虽小，但是你拥有你足下的土地。

66

幼花开放了它的蓓蕾，叫道：“亲爱的世界呀，请不要萎谢了。”

67

上帝对于大帝国会生厌，却决不会厌恶那小小的花朵。

68

错误经不起失败，但是真理却不怕失败。

69

瀑布歌道：“虽然渴者只要少许的水便够了，我却很快活地给予了我全部的水。”

70

把那些花朵抛掷上去的那一阵子无休无止的狂欢大喜的劲儿，其源泉是在哪里呢？

71

樵夫的斧头，问树要斧柄。
树便给了他。

72

这寡独的黄昏，幕着雾与雨，我在我心的孤寂里，感觉到它的叹息了。

73

贞操是从丰富的爱情中生出来的资产。

74

雾，像爱情一样，在山峰的心上游戏，生出种种美丽的变幻。

75

我们把世界看错了，反说他欺骗我们。

76

诗人的风，正出经海洋和森林，求它自己的歌声。

77

每一个孩子出生时所带的神示说："上帝对于人尚未灰心失望呢。"

78

绿草求她地上的伴侣。
树木求他天空的寂寞。

79

人对他自己建筑起堤防来。

80

我的朋友，你的语声飘荡在我的心里，像那海水的低吟之声，缭绕在静听着的松林之间。

81

这个不可见的黑暗之火焰，以繁星为其火花的，到底是什么呢？

82

使生如夏花之绚烂，死如秋叶之静美。

83

那想做好人的，在门外敲着门；那爱人的，看见门敞开着。

84

在死的时候，众多合而为一；在生的时候，这“一”化而为众多。

上帝死了的时候，宗教便将合而为一。

85

艺术家是自然的情人，所以他是自然的奴隶，也是自然的主人。

86

“你离我有多少远呢，果实呀？”

“我是藏在你的心里呢，花呀。”

87

这个渴望是为了那个在黑夜里感觉得到、在大白天里却看不见的人。

88

露珠对湖水说道：“你，是在荷叶下面的大露珠，我是在荷叶上面的较小的露珠。”

89

刀鞘保护刀的锋利，它自己则满足于它的迟钝。

90

在黑暗中，“一”视若一体；在光亮中，“一”便视若众多。

91

大地借助于绿草，显出她自己的殷勤好客。

92

绿叶的生与死乃是旋风的急骤的旋转，它的更广大的旋转的圈子乃是在天上繁星之间徐缓的转动。

93

威权对世界说道：“你是我的。”
世界便把威权囚禁在她的宝座下面。
爱情对世界说道：“我是你的。”
世界便给予爱情以在她的屋内来往的自由。

94

浓雾仿佛是大地的愿望。
它藏起了太阳，而太阳乃是她所呼求的。

95

安静些吧，我的心，这些大树都是祈祷者呀。

96

瞬刻的喧声，讥笑着永恒的音乐。

97

我想起了浮泛在生与爱与死的川流上的许多别的时代，以及这些时代之被遗忘，我便感觉到离开尘世的自由了。

98

我灵魂里的忧郁就是她的新妇的面纱。
这面纱等候着在夜间卸去。

99

死之印记给生的钱币以价值；使它能够用生命来购买那真正的宝物。

100

白云谦逊地站在天之一隅。
晨光给它戴上了霞彩。

101

尘土受到损辱，却以她的花朵来报答。

102

只管走过去，不必逗留着去采了花朵来保存，因为一路上，花朵自会继续开放的。

103

根是地下的枝。

枝是空中的根。

104

远远去了的夏之音乐，翱翔于秋间，寻求它的旧垒。

105

不要从你自己的袋里掏出勋绩借给你的朋友，这是污辱他的。

106

无名的日子的感触，攀缘在我的心上，正像那绿色的苔藓，攀缘在老树的周身。

107

回声嘲笑着她的原声，以证明她是原声。

108

当富贵利达的人夸说他得到上帝的特别恩惠时，上帝却羞了。

109

我投射我自己的影子在我的路上，因为我有一盏还没有燃点起来的明灯。

110

人走进喧哗的群众里去，为的是要淹没他自己的沉默的呼号。

111

终止于衰竭的是“死亡”，但“圆满”却终止于无穷。

112

太阳穿一件朴素的光衣，白云却披了灿烂的裙裾。

113

山峰如群儿之喧嚷，举起它们的双臂，想去捉天上的星星。

114

道路虽然拥挤，却是寂寞的，因为它是不被爱的。

115

权势以它的恶行自夸；落下的黄叶与浮游过的云片都在笑它。

116

今天大地在太阳光里向我营营哼鸣，像一个织着布的妇人，用一种已经被忘却的语言，哼着一些古代的歌曲。

117

绿草是无愧于它所生长的伟大世界的。

118

梦是一个一定要谈话的妻子。

睡眠是一个默默地忍受的丈夫。

119

夜与逝去的日子接吻，轻轻地在他耳旁说道："我是死，是你的母亲。我就要给你以新的生命。"

120

黑夜呀，我感觉到你的美了，你的美如一个可爱的妇人，当她把灯灭了的时候。

121

我把在那些已逝去的世界上的繁荣带到我的世界上来。

122

亲爱的朋友呀，当我静听着海涛时，我有好几次在暮色深沉的黄昏里，在这个海岸上，感到你的伟大思想的沉默了。

123

鸟以为把鱼举在空中是一种慈善的举动。

124

夜对太阳说道："在月亮中，你送了你的情书给我。"

"我已在绿草上留下我的流着泪点的回答了。"

125

伟人是一个天生的孩子，当他死时，他把他的伟大的孩提时代给了世界。

126

不是槌的打击，乃是水的载歌载舞，使鹅卵石臻于完美。

127

蜜蜂从花中啜蜜，离开时营营地道谢。

浮夸的蝴蝶却相信花是应该向他道谢的。

128

如果你不等待着要说出完全的真理，那么把话说出来是很容易的。

129

“可能”问“不可能”道：“你住在什么地方呢？”

它回答道：“在那无能为力者的梦境里。”

130

如果你把所有的错误都关在门外，真理也要被关在外面了。

131

我听见有些东西在我心的忧闷后面萧萧作响——我不能看见它们。

132

闲暇在动作时便是工作。

静止的海水荡动时便成波涛。

133

绿叶恋爱时便成了花。
花崇拜时便成了果实。

134

埋在地下的树根使树枝产生果实，却并不要求什么报酬。

135

阴雨的黄昏，风无休地吹着。
我看着摇曳的树枝，想念着万物的伟大。

136

子夜的风雨，如一个巨大的孩子，在不得时宜的黑夜里醒来，开始游戏和喊叫起来了。

137

海呀，你这暴风雨的孤寂的新妇呀，你虽掀起波浪追随你的情人，但是无用呀。

138

文字对工作说道："我惭愧我的空虚。"

工作对文字说道："当我看见你时，我便知道我是怎样地贫乏了。"

139

时间是变化的财富，但时钟在它的游戏文章里却使它只不过是变化而没有财富。

140

真理穿了衣裳，觉得事实太拘束了。

在想象中，她却转动得很舒畅。

141

当我到这里、到那里地旅行着时，路呀，我厌倦了你了。但是现在，当你引导我到各处去时，我便爱上你，与你结婚了。

142

让我设想，在群星之中，有一粒星是指导着我的生命通过不可知的黑暗的。

143

妇人，你用了你美丽的手指，触着我的器具，秩序便如音乐似的生出来了。

144

一个忧郁的声音，筑巢于逝水似的年华中。
它在夜里向我唱道——“我爱你。”

145

燃着的火，以他的熊熊之光焰禁止我走近他。
把我从潜藏在灰中的余烬里救出来吧。

146

我有群星在天上，

但是，唉，我屋里的小灯却没有点亮。

147

死文字的尘土沾着你。

用沉默去洗净你的灵魂吧。

148

生命里留了许多罅隙，从这些罅隙中，送来了死之忧郁的音乐。

149

世界已在早晨敞开了它的光明之心。

出来吧，我的心，带了你的爱去与它相会。

150

我的思想随着这些闪耀的绿叶而闪耀，我的心灵接触着这日光也唱了起来；我的生命因为偕了万物一同浮泛在空间的蔚蓝、时间的墨黑中，正在快乐着呢。

151

上帝的巨大的威权是在柔和的微飔里，而不在狂风暴雨之中。

152

在梦中，一切事都散漫着，都压着我，但这不过是一个梦呀。当我醒来时，我便将觉得这些事都已聚集在你那里，我也便将自由了。

153

落日问道："有谁在继续我的职务呢？"

瓦灯说道："我要尽我力之所能地做去，我的主人。"

154

采着花瓣时，得不到花的美丽。

155

沉默蕴蓄着语声，正如鸟巢拥围着睡鸟。

156

大的不怕与小的同游。
居中的却远而避之。

157

夜秘密地把花开放了，却让那白日去领受谢词。

158

权力认为牺牲者的痛苦是忘恩负义。

159

当我们以我们的充实为乐时，那么，我们便能很快乐地跟我们的果实分手了。

160

雨点与大地接吻，微语道——“我们是你的思家的孩子，母亲，现在从天上回到你这里来了。”

161

蛛网好像要捉露点，却捉住了苍蝇。

162

爱情呀！当你手里拿着点亮了的痛苦之灯走来时，我能够看见你的脸，而且以你为幸福。

163

萤火对天上的星道：“学者说你的光明，总有一天会消灭的。”

天上的星不回答它。

164

在黄昏的微光里，有那清晨的鸟儿来到了我的沉默的鸟巢里。

165

思想掠过我的心上，如一群野鸭飞过天空。

我听见它们鼓翼之声了。

166

沟洫总喜欢想：河流的存在，是专为着供给它水流的。

167

世界以它的痛苦同我接吻，而要求歌声做报酬。

168

压迫着我的，到底是我的想要外出的灵魂呢，还是那世界的灵魂，敲着我心的门想要进来呢？

169

思想以它自己的言语喂养它自己，而成长起来。

170

我把我的心之碗轻轻浸入这沉默之时刻中；它充满了爱了。

171

或者你在做着工作，或者你没有。
当你不得不说“让我们做些事吧”，那么就要开始胡闹了。

172

向日葵羞于把无名的花朵看作它的同胞。
太阳升上来了，向它微笑，说道：“你好么，我的宝贝儿?”

173

“谁如命运似的推着我向前走呢?”
“那是我自己，在身背后大跨步走着。”

174

云把水倒在河的水杯里，它们自己却藏在远山之中。

175

我一路走去，从我的水瓶中漏出水来。
只留着极少极少的水供我家里用。

176

杯中的水是光辉的，海中的水却是黑色的。

小理可以用文字来说清楚，大理却只有沉默。

177

你的微笑是你自己田园里的花，你的谈吐是你自己山上的松林的萧萧。但是你的心呀，却是那个女人，那个我们全都认识的女人。

178

我把小小的礼物留给我所爱的人——大的礼物却留给一切的人。

179

妇人呀，你用你的眼泪的深邃包绕着世界的心，正如大海包绕着大地。

180

太阳以微笑向我问候。
雨，它的忧闷的妹妹，向我的心谈话。

181

我的昼间之花，落下它那被遗忘的花瓣。
在黄昏中，这花成熟为一颗记忆的金果。

182

我像那夜间之路，正静悄悄地听着记忆的足音。

183

黄昏的天空，在我看来，像一扇窗户，一盏灯火，灯火背后的一次等待。

184

太忙于做好事的人，反而找不到时间去做好事。

185

我是秋云，空空的不载着雨水，但在成熟的稻田中，看见了我的充实。

186

他们嫉妒，他们残杀，人反而称赞他们。
然而上帝却害了羞，匆匆地把他的记忆埋藏在绿草下面。

187

脚趾乃是舍弃了其过去的手指。

188

黑暗向光明旅行，但是盲者却向死亡旅行。

189

小狗疑心大宇宙阴谋篡夺它的位置。

190

静静地坐吧，我的心，不要扬起你的尘土。
让世界自己寻路向你走来。

191

弓在箭要射出之前，低声对箭说道——“你的自由是我的。”

192

妇人，在你的笑声里有着生命之泉的音乐。

193

全是理智的心，恰如一柄全是锋刃的刀。
叫使用它的人手上流血。

194

上帝爱人间的灯光甚于他自己的大星。

195

这世界乃是为美之音乐所驯服了的、狂风骤雨的世界。

196

夕照中的云彩向太阳说道：“我的心经了你的接吻，便似金的宝箱了。”

197

接触着，你许会杀害；远离着，你许会占有。

198

蟋蟀的唧唧、夜雨的淅沥，从黑暗中传到我的耳边，好似我已逝的少年时代沙沙地来到我梦境中。

199

花朵向失落了它所有的星辰的曙天叫道：“我的露点全失落了。”

200

燃烧着的木块，熊熊地生出火光，叫道："这是我的花朵，我的死亡。"

201

黄蜂以邻蜂储蜜之巢为太小。
它的邻人要它去建筑一个更小的。

202

河岸向河流说道："我不能留住你的波浪。"
"让我保存你的足印在我心里吧。"

203

白日以这小小地球的喧扰，淹没了整个宇宙的沉默。

204

歌声在空中感得无限，图画在地上感得无限，诗呢，无论在空中、在地上都是如此；

因为诗的词句含有能走动的意义与能飞翔的音乐。

205

太阳在西方落下时，它的早晨的东方已静悄悄地站在它面前。

206

让我不要错误地把自己放在我的世界里而使它反对我。

207

荣誉羞着我，因为我暗地里求着它。

208

当我没有什么事做时，便让我不做什么事，不受骚扰地沉入安静深处吧，一如那海水沉默时海边的暮色。

209

少女呀，你的纯朴，如湖水之碧，表现出你的真理之深邃。

210

最好的东西不是独来的，
它伴了所有的东西同来。

211

上帝的右手是慈爱的，但是他的左手却可怕。

212

我的晚色从陌生的树木中走来，它用我的晓星所不懂得的语言说话。

213

夜之黑暗是一只口袋，盛满了发出黎明的金光的口袋。

214

我们的欲望，把彩虹的颜色，借给那只不过是云雾的人生。

215

上帝等待着要从人的手上把他自己的花朵作为礼物赢回去。

216

我的忧思缠绕着我，要问我它们自己的名字。

217

果实的事业是尊贵的，花的事业是甜美的，但是让我做叶的事业罢，叶是谦逊地专心地垂着绿荫的。

218

我的心向着阑珊的风，张了帆，要到无论何处的阴凉之岛去。

219

独夫们是凶暴的，但人民是善良的。

220

把我当作你的杯吧，让我为了你，而且为了你的人而盛满水吧。

221

狂风暴雨像是那因他的爱情被大地所拒绝而在痛苦中的天神的哭声。

222

世界不会裂开，因为死亡并不是一个罅隙。

223

生命因为失去了爱情，而更为富足。

224

我的朋友，你伟大的心闪射出东方朝阳的光芒，正如黎明中一个积雪的孤峰。

225

死之流泉，使生的止水跳跃。

226

那些有一切东西而没有您的人，我的上帝，在讥笑着那些没有别的东西而只有您的人呢。

227

生命的运动在它自己的音乐里得到它的休息。

228

踢足只能从地上扬起灰尘而不能得到收获。

229

我们的名字，便是夜里海波上发出的光，痕迹也不留地就泯灭了。

230

让睁眼看着玫瑰花的人也看看它的刺。

231

鸟翼上系上了黄金，这鸟便永不能再在天上翱翔了。

232

我们地方的荷花又在这里陌生的水上开了花，放出同样的清香，只是名字换了。

233

在心的远景里，那相隔的距离显得更广阔了。

234

月儿把她的光明遍照在天上，却留着她的黑斑给她自己。

235

不要说“这是早晨了”，就用一个“昨天”的名词把它打发掉。把它当作第一次看到的还没有名字的新生孩子吧。

236

青烟对天空夸口，灰烬对大地夸口，都以为它们是火的兄弟。

237

雨点向茉莉花微语道：“把我永久地留在你的心里吧。”

茉莉花叹息了一声，落在地上了。

238

怏怯的思想呀，不要怕我。

我是一个诗人。

239

我的心在朦胧的沉默里，似乎充满了蟋蟀的鸣声——那灰色的微明的歌声。

240

爆竹呀，你对于群星的侮蔑，又跟了你自己回到地上来了。

241

您曾经带领着我，穿过我的白天的拥挤不堪的旅行，而到达了我的黄昏的孤寂之境。

在通宵的寂静里，我等待着它的意义。

242

我们的生命就似渡过一个大海，我们都相聚在这个狭小的舟中。

死时，我们便到了岸，各往各的世界去了。

243

真理之川从他的错误之沟渠中流过。

244

今天我的心是在想家了，在想着那跨过时间之海的那一个甜蜜的时候。

245

鸟的歌声是曙光从大地反响过去的回声。

246

晨光问毛茛道：“你是不是骄傲得不肯和我接吻么？”

247

小花问道：“我要怎样地对你唱，怎样地崇拜你呢，太阳呀？”

太阳答道：“只要用你的纯洁的简朴的沉默。”

248

当人是兽时，他比兽还坏。

249

黑云受光的接吻时便变成天上的花朵。

250

不要让刀锋讥笑它柄子的拙钝。

251

夜的沉默，如一个深深的灯盏，银河便是它燃着的灯光。

252

死像大海的无限的歌声，日夜冲击着生命的光明岛的四周。

253

花瓣似的山峰在饮着日光，这山岂不像一朵花吗？

254

“真实”的含义被误解、轻重被倒置，那就成了“不真实”。

255

我的心呀，从世界的流动中，找你的美吧，正如那小船得到风与水的优美似的。

256

眼不以能视来骄人，却以它们的眼镜来骄人。

257

我住在我的这个小小世界里，生怕使它再缩小一丁点儿了。把我抬举到您的世界里去吧，让我有高高兴兴地失去我的一切的自由。

258

虚伪永远不能凭借它生长在权力中而变成真实。

259

我的心，同着它的歌的啪啪舐岸的波浪，渴望着要抚爱这个阳光熙和的绿色世界。

260

道旁的草，爱那天上的星吧，那么，你的梦境便可在花朵里实现了。

261

让你的音乐如一柄利刃，直刺入市井喧扰的心中吧。

262

这树的颤动之叶，触动着我的心，像一个婴儿的手指。

263

小花睡在尘土里。
它寻求蛱蝶走的道路。

264

我是在道路纵横的世界上。
夜来了。打开您的门吧，家之世界啊。

265

我已经唱过了您的白天的歌。
在黄昏时候，让我拿着您的灯走过风雨飘摇的道路吧。

266

我不要求你进我的屋里。
你且到我无量的孤寂里吧，我的爱人！

267

死之隶属于生命，正如出生一样。
举足是在走路，正如放下足也是在走路。

268

我已经学会了你在花与阳光里微语的意义——再教我明白你

在苦与死中所说的话吧。

269

夜的花朵来晚了，当早晨吻着她时，她颤栗着，叹息了一声，萎落在地上了。

270

从万物的愁苦中，我听见了“永恒母亲”的呻吟。

271

大地呀，我到你岸上时是一个陌生人，住在你屋内时是一个宾客，离开你的门时是一个朋友。

272

当我去时，让我的思想到你那里来，如那夕阳的余光，映在沉默的星天的边上。

273

在我的心头燃点起那休憩的黄昏星吧，然后让黑夜向我微语着爱情。

274

我是一个在黑暗中的孩子。

我从夜的被单里向你伸出我的双手，母亲。

275

白天的工作完了。把我的脸掩藏在您的臂间吧，母亲。

让我做梦。

276

聚会时的灯光，点了很久；会散时，灯便立刻灭了。

277

当我死时，世界呀，请在你的沉默中，替我留着“我已经爱过了”这句话吧。

278

我们在热爱世界时便生活在这世界上。

279

让死者有那不朽的名，但让生者有那不朽的爱。

280

我看见你，像那半醒的婴孩在黎明的微光里看见他的母亲，于是微笑而又睡去了。

281

我将死了又死，以明白生是无穷无竭的。

282

当我和拥挤的人群一同在路上走过时，我看见您从阳台上送过来的微笑。我歌唱着，忘却了所有的喧哗。

283

爱就是充实了的生命，正如盛满了酒的酒杯。

284

他们点了他们自己的灯，在他们的寺院内，吟唱他们自己的话语。

但是小鸟们却在你的晨光中，唱着你的名字——因为你的名字便是快乐。

285

领我到您的沉寂的中心，使我的心充满了歌吧。

286

让那些选择了他们自己的焰火咝咝的世界的，就生活在那里吧。

我的心渴望着您的繁星，我的上帝。

287

爱的痛苦环绕着我的一生，像汹涌的大海似的唱着，而爱的快乐却像鸟儿们在花林里似的唱着。

288

假如您愿意，您就熄了灯吧。
我将明白您的黑暗，而且将喜爱它。

289

当我在那日子的终了，站在您的面前时，您将看见我的伤疤，而知道我有我的许多创伤，但也有我的医治的法儿。

290

总有一天，我要在别的世界的晨光里对你唱道："我以前在地球的光里，在人的爱里，已经见过你了。"

291

从别的日子里飘浮到我的生命里的黑云，不再落下雨点或引起风暴了，却只给予我的夕阳的天空以色彩。

292

真理引起了反对它自己的狂风骤雨，那场风雨吹散了真理的广播的种子。

293

昨夜的风雨给今日的早晨戴上了金色的和平。

294

真理仿佛带了它的结论而来；而那结论却产生了它的第二个。

295

他是有福的，因为他的名望并没有比他的真实更光亮。

296

您的名字的甜蜜充溢着我的心，而我忘掉了我自己的——就像您的早晨的太阳升起时，那大雾便消失了。

297

静悄悄的黑夜具有母亲的美丽，而吵闹的白天具有孩子的美。

298

当人微笑时，世界爱了他。当他大笑时，世界便怕他了。

299

上帝等待着人在智慧中重新获得童年。

300

让我感到这个世界乃是您的爱的成形吧，那么，我的爱也将帮助着它。

301

您的太阳光对着我的心头的冬天微笑着，从来不怀疑它的春天的花朵。

302

上帝在他的爱里吻着“有涯”，而人却吻着“无涯”。

303

您横越过荒年的沙漠而到达了圆满的时刻。

304

上帝的静默使人的思想成熟而为语言。

305

“永恒的旅客”呀，你可以在我的歌中找到你的足迹。

306

让我不致羞辱您吧，父亲，您在您的孩子们身上显现出您的光荣。

307

这一天是不快活的，光在蹙额的云下，如一个被打的儿童，在灰白的脸上留着泪痕，风又叫号着似一个受伤的世界的哭声。但是我知道我正跋涉着去会我的朋友。

308

今天晚上棕榈叶在嚓嚓地作响，海上有大浪，满月啊，就像世界在心脉悸跳。从什么不可知的天空，您在您的沉默里带来了爱的痛苦的秘密？

309

我梦见了一颗星、一个光明的岛屿，我将在那里出生。而在它的快速的闲暇的深处，我的生命将成熟它的事业，像在秋天的阳光之下的稻田。

310

雨中的湿土的气息，就像从渺小的无声的群众那里来的一阵子巨大的赞美歌声。

311

说爱情会失去的那句话，乃是我们不能够当作真理来接受的一个事实。

312

我们将有一天会明白，死永远不能够夺去我们的灵魂所获得的东西；因为她所获得的，和她自己是一体。

313

上帝在我的黄昏的微光中，带着花到我这里来。这些花都是我过去之时的，在他的花篮中，还保存得很新鲜。

314

主呀，当我的生之琴弦都已调得谐和时，你的手的一弹一奏，都可以发出爱的乐声来。

315

让我真真实实地活着吧，我的上帝，这样，死对于我也就成了真实的了。

316

人类的历史很忍耐地在等待着被侮辱者的胜利。

317

我这一刻感到你的眼光正落在我的心上，像那早晨阳光中的沉默落在已收获的孤寂的田野上一样。

318

我渴望着歌的岛屿立在这喧哗的波涛起伏的海中。

319

夜的序曲是开始于夕阳西下的音乐，开始于它的向难以形容的黑暗的庄严的赞歌。

320

我攀登上高峰，发现在名誉的荒芜不毛的高处，简直找不到遮身之地。我的引导者啊，领导着我在光明逝去之前，进到沉静的山谷里去吧，在那里，生的收获成熟为黄金的智慧。

321

在这个黄昏的朦胧里，好些东西看来都有些幻想——尖塔的底层在黑暗里消失了，树顶像墨水的斑点似的。我将等待着黎明，而当我醒来的时候，就会看到在光明里的您的城市。

322

我曾经受苦过，曾经失望过，曾经体会过“死亡”，于是我以我在这伟大的世界里为乐。

323

在我的一生里，也有贫乏和沉默的地域。它们是我忙碌的日子得到日光与空气的几片空旷之地。

324

我的未完成的过去，从后边缠绕到我身上，使我难于死去。请从它那里释放了我吧。

325

“我相信你的爱。”让这句话做我的最后的话。

我这样教学《金色花》

张　威

《金色花》是七年级上册语文教材第二单元第7课的一篇自读课文，是出自印度诗圣泰戈尔的一首散文诗。诗歌以“假如我变成了一朵金色花”作为首句，引发下面一系列想象，让一个和妈妈捉迷藏的调皮快乐、机灵可爱的孩子形象跃然纸上。然后，孩子在妈妈做祷告时，让她嗅到香气；在妈妈读《罗摩衍那》时，将影子投在书页上；在妈妈拿了灯去牛棚时，突然落到地上，恢复原形，要求母亲讲故事听。孩子“失踪”一天，却时刻不离妈妈左右，对妈妈是这样的依恋。而孩子在妈妈找不到他时的“匿笑”和“我不告诉你，妈妈”，将孩子的天真活泼展露无遗，诗歌也因此充满童趣！和孩子的淘气可爱不同，妈妈那湿发披肩祷告的形象、午后阳光下读书的形象和牛棚工作的形象则把一个善良、慈爱、虔诚、勤劳的母亲完美清晰地展现出来。孩子的“恶作剧”与妈妈的“受骗”如两重交织在一起的旋律，虽有微妙冲突，却是无比温馨和谐。

诗歌之所以能给读者带来这种感受，除了母子之间的亲密外，“金色花”功不可没。“金色花”是印度圣树所开的金黄色碎花，花之娇美与孩子的调皮可爱形象合二为一，花之圣洁与孩子对母亲的依恋之情如此相似。从另一个层面上来说，孩子也本为妈妈的花儿，孩子变为金色花也是对妈妈的热爱和报答。

诗歌的意境清新优美，语言活泼、口语化，契合儿童的口吻和天性，适合刚刚进入初中的七年级学生朗读。教学中要带领学生通过多种方式的品读领悟诗歌的意境和真情。

基于以上考虑，这篇课文的教学目标和教学内容做出如下规定。

◎确定核心教学目标：

感受诗歌清新优美的意境；领悟真挚淳朴的母子之情。

◎确定支撑核心教学目标的教学内容：

1. 品读三次嬉戏，感受孩子对母亲的爱和依恋，教导学生学会关爱母亲、回报母亲。

2. 品读文中关键句子“你到哪里去了，你这坏孩子”，领悟母亲对孩子的疼爱和亲昵。

根据以上教学目标和核心教学内容的安排，教学过程主要有以下若干环节：

一、导入

有人说：世界上只有一种最动听的声音，那便是母亲的声音；世界上只有一个最美丽的身影，那就是母亲的身影。

这个世界上，我们什么都可以忘记，但不能忘记母亲给予我们的一切。印度诗圣泰戈尔用散文诗《金色花》将一个孩子对母爱的回报娓娓道来，让我们一起来听听。

二、了解作者（多媒体展示作者简介，略）

三、了解体裁（多媒体展示）

散文诗：诗和散文的结合，兼有诗与散文特点的一种现代抒情文学体裁，因其语言凝练灵巧、富有情韵，所以适合朗读。

过渡语：因此，我将带领大家以朗读为主赏析印度诗圣泰戈尔尔这首优美的充满童趣的散文诗，希望每位同学都能参与进来，“以我声读美文，以我心品美文。”

四、指导朗读，整体感知

1. 播放朗诵音频，学生边听边注音、画节奏。

2. 多媒体展示，集体为重点字词正音正义。

嗅（xiù）：闻（气味）。

罗摩衍那（mó，yǎn）：印度长篇叙事诗。

匿笑（nì）：匿，隐藏，不让人知道；匿笑，偷笑。

祷告（dǎo）：向神祈求保佑。

3. 学生自由朗读，把握读音、节奏、停顿、轻重等。

4. 全班齐读。

过渡语：同学们的朗读让人感动，诗歌中让人感动的真情需要用心品读。本节课我们还有三个任务：读出画面、读出形象、读出情感。接下来我们一起走进诗歌的意境。

五、指导品读，体会情感

（一）读出画面

1. 请各自自由地小声读诗歌，边读边画出描绘孩子与母亲嬉戏的句子。

2. 学生小组讨论：泰戈尔擅长绘画，他的诗中有画。这首诗向我们展现了哪三个孩子与母亲嬉戏的温馨画面呢？

3. 各小组展示答案，教师点拨、归纳：

①当妈妈做祷告时，孩子变成了金色花开放花瓣散发香气。

②当妈妈读书时，孩子将影子投在书页上。

③当妈妈去牛棚时，孩子恢复身份，求妈妈讲故事。

4. 老师和男女生一起依次朗读以上三个画面。

要求：把握语气，读出画面的欢乐、温馨、亲昵来。

（二）读出形象

过渡语：三个画面让孩子和母亲的形象活灵活现，三次嬉戏让我们读出了母子之间的亲密无间。请大家结合具体的句子说说他们各是怎样的人。

指名回答后明确：

孩子：天真活泼、热爱母亲、懂得感恩。

母亲：圣洁温柔、慈爱善良、疼爱孩子。

(三) 读出情感

过渡语：孩子是这样地调皮与可爱，母亲是这样地圣洁与慈爱，我们先通过朗读三处语言描写来体会母子情深。

● “妈妈，你会认识我吗?”

● “孩子，你在哪里呀?”

● “我不告诉你，妈妈。”

1. 分角色朗读（全班男生表演读孩子的话，女生表演读妈妈的话)。教师指导：重读“会”“哪里”“不”，分别读出三句话中孩子的可爱调皮、妈妈的着急、孩子的得意。

2. 比赛朗读。(点 2—3 组学生)

3. 对比朗读。

过渡语：我们再来通过对比朗读一处特别的语言描写，读出母亲对孩子的深情。

原句：你到哪里去了，你这坏孩子?

改句：你到哪里去了，你这可爱的孩子?

你到哪里去了，你这淘气的孩子?

你到哪里去了，你这调皮的孩子?

①先由学生各自小声品读原句和改句，再同桌之间交流，哪一句更能体现母亲对孩子的疼爱。

②集体交流后明确：从字典义来看，“坏”是完全否定，是

责骂的意思。但这里的上下文却显示出，这个“坏”字用得相当好，比“好”字还要好，不但没有任何责骂的意味，反而表现出更多的疼爱和亲密之情。所以孩子并不因为母亲的责怪而感到害怕，相反，更加调皮起来，回答道：“我不告诉你，妈妈。”足见孩子的得意和对母亲的依恋。

③全班齐声连读三遍原句，加深对语感和母爱的体验。

六、结语

学习散文诗，朗读是关键。今天老师教了大家三个技巧：理解内容读出画面、品读人物读出形象、赏析文字读出情感。

根据以上教学设计，教师在在课堂上注重引导学生朗读，通过抓住关键词句和关键细节，引导学生体验、理解诗歌所表达的情感。课堂上学生表现积极，体验品味具体细腻，尤其是对母爱的体验很深入、很动心。课堂上有这样一幕，呈现如下：

读出情感

师：孩子是这样的调皮与可爱，母亲是这样的圣洁与慈爱。我们先通过朗读三处语言描写来体会母子情深。请看大屏幕。

(1)“妈妈，你会认识我吗？”

(2)“孩子，你在哪里呀？”

(3)“我不告诉你，妈妈。”

师：我们来分角色比赛读这三处语言描写，请男生读孩子说的话，女生读妈妈说的话。(生一齐大笑。)

师：嘘！老师这是让大家都占据性别优势。先别笑，等读得有感情了，比赛读胜利了，再开怀大笑。

生：好！

师：看来双方都信心十足。注意读的顺序：男生先读第一句，女生接着读第二句，男生再接着读第三句。预备——读。

(生比赛读。)

师：大家没有把“会”“哪里”“不”这三个应该重读的词突出出来。再来一遍。

(生再次分角色齐读。)

师：嗯，这回强多了，老师觉得男生比女生的表演读更有感情。来，请男生代表说说你刚才读出了一个怎样的孩子。

男生1：我从第一句读出了一个活泼的孩子。

男生2：我从第一句读出了一个调皮可爱的孩子。

男生3：我从第三句读出了一个得意的撒娇的孩子。

师（竖起大拇指）：男生不只读得好，说得更好！女生呢，谁来说说你读出了母亲怎样的心情？

女生1：着急。

女生2：担心。

师：对。女生虽然在读上面稍逊一筹，输给了男生，但在品上面跟男生一样厉害。母亲在突然之间找不到孩子的情况下，确实很着急、很担忧。但是从后文中“又成了你的孩子”中的“又”字来看，孩子跟她玩捉迷藏的游戏不止一次了。再加上她很了解自己的孩子不会跑远，不会惹祸，所以，在短暂的着急担忧之后，她又安心地去做她的事了。我们再来通过对比朗读一处特别的语言描写，读出母亲对孩子的深情。请看大屏幕。

原句：你到哪里去了，你这坏孩子？

改句：你到哪里去了，你这可爱的孩子？

你到哪里去了，你这淘气的孩子？

你到哪里去了，你这调皮的孩子？

师：请同学们先各自小声品读原句和改句，再跟同桌交流，哪一句更能体现母亲对孩子的疼爱。限时三分钟。

生各自品读，再同桌之间交流。师走入学生中间旁听。约三分钟后。

师：时间到，请同学们停止讨论。现在我们开始全班交流讨论结果，哪位先来？

生1：我认为原句正话反说，用“坏”更能表现母亲对儿子的假责怪，比直接说“可爱的孩子”更有味道。

师：你是一个会品味的孩子，能听出大人的话外之音，真不错！正话反说，在写法上可以叫作贬词褒用。

生2：原句的“坏”字更好，因为“坏”字包含了改句中的意思，以一当十，充分表现了母亲对孩子的宠爱。

师：你眼界真大，看出了“坏”字词义范围更大，说得好！

生3：我也觉得原句更好。因为这个“坏”字让我感受到了母亲在突然看到失踪了的儿子时的惊喜，还有继之而来的对儿子不辞而别的埋怨；但又不是那种真的生了气的埋怨，而是一种假怨。(同学们笑)

师：对，这叫嗔怪，是一种非常亲昵的温柔的满是爱意的责怪。

生4：我正是从原句中读出了母亲对孩子满满的爱意，所以我也觉得这“坏”字用得太妙了！

师小结：同学们的语感很好，悟性很高。从字典义来看，“坏”是完全否定，是责骂的意思。但这里的语境却显示出，这个“坏”字用得相当好，比“好”字还要好，不但没有任何责骂的意味，反而表现出更多的疼爱和亲密之情，所以孩子并不因为母亲的责怪而感到害怕，相反，更加调皮起来，回答道：“我不告诉你，妈妈。”足见孩子的得意和对母亲的依恋。请全班同学齐声有感情地连读三遍原句，加深对语感和母爱的体验。

教学反思

这堂课营造出了和谐、民主、宽松的课堂氛围，充分调动了学生学习的积极性，学生参与的热情高。教学中教师既注意引导和组织作用，又充分尊重学生的语文学习主人的地位。

第一，注重朗读，让学生在朗诵诗歌中培养出健康的审美情趣。《语文课程标准》明确提出："阅读是学生的个性化行为，不应以教师的分析来代替学生的阅读，应让学生在主动积极的思维和情感活动中，加深感情理解和体验，有所感悟和思考，受到情感熏陶，获得思想启迪，享受审美情趣。要珍视学生独特的感受、体验和理解。"诗歌的体裁及本文的语言特点决定教学这篇课文时应侧重于诵读。在本课的教学设计中，学生的朗读贯穿始终。"读书百遍，其义自见。"学生的感悟是通过朗读来实现的。同时，使学生受到美的熏陶和感染，培养了健康高尚的审美情趣和审美能力。

第二，重视学生的合作探究。新课程标准倡导自主、合作、探究的学习方式。合作探究的学习过程，既发展学生的个性，又发展合作精神，提高学生的语文素养。这首诗是有韵味的，它蕴涵着深远的意境美，轻快的音乐美。要让学生在读中感悟，以悟促读，在朗读之后去体会诗歌的纯朴自然，情深意浓。本课中，学生在品读诗歌之后，小组讨论交流，将那种模糊的感悟明确为清晰的情感，达到了质的飞跃。